Sami et Julie

J'adore lire !

BD

Fin de CP CE1

Cric, crac, l'affaire est dans le sac !

Texte
Sandra Lebrun
Loïc Audrain

Illustrations
Thérèse Bonté

hachette
ÉDUCATION

Maquette de couverture : Mélissa Chalot
Réalisation de la couverture : Sylvie Fécamp
Maquette intérieure : Mélissa Chalot
Réalisation de l'intérieur : Audrey Izern
Édition : Laurence Lesbre et Sophie Zeegers

ISBN : 978-2-01-715139-5

58 rue Jean-Bleuzen, CS 70007, 92178 Vanves Cedex.

www.parascolaire.hachette-education.com

Une histoire étonnante !

Les personnages de l'histoire

SAMI

Sami adore jouer au foot avec ses copains… mais il est aussi toujours prêt à mener l'enquête, surtout pour rendre service.

JULIE

Julie a 7 ans, l'âge de raison ! Et, quand elle tombe sur une enquête à résoudre, on peut compter sur son ingéniosité !

LES COPAINS

Tom, Léna, Basile, Léo et Zoé forment une bande de copains toujours prêts à rire… ou à se lancer dans l'aventure !

LA DAME AU SAC À MAIN

Elle a perdu son sac et aimerait certainement le retrouver.
Oui, mais… qui est-elle ?

Mais comment retrouver la dame au sac à main ?

Passe! Passe!
Vas-y, tire!

Zut! Encore raté!
Je vais le chercher!

Je ne le vois pas...
Il y a un truc, là-bas!

Oh! J'ai trouvé un sac!
Et moi, j'ai retrouvé le ballon!

Le sac a dû tomber du banc, et la personne est partie en l'oubliant.

Il est forcément à une dame...
... une dame tête en l'air qui oublie ses affaires.

Comment retrouver cette étourdie ?
Et si on fouillait dans son sac ?... Un tout petit peu ?

Ce n'est pas bien de fouiller dans les affaires des autres!

Oh! Un paquet de mouchoirs!
Ben… Ce n'est pas un super indice!

Peut-être qu'elle est triste ?
Ou qu'elle est enrhumée ?
Regardez ! Il y a une lettre !

Je crois que c'est son amoureux...
... il écrit qu'il doit partir à l'étranger.
Voilà ! C'est pour ça qu'elle est triste !
Ma chérie

Regardez ! Ses photos de vacances.
Elle doit être déçue d'avoir perdu ses souvenirs.

Nous avons une mission : retrouver cette dame pour lui rendre tous ses souvenirs !

Zut ! Il n'y a pas ses papiers d'identité.
Et je ne vois pas d'argent...

Le portefeuille est vide ?
Bizarre...

Regardez, les lanières ont craqué !
Comme si quelqu'un avait tiré très fort sur le sac.

Mais alors, la dame n'a pas oublié son sac : C'EST UN VOL !

Oh! La pauvre dame!
Il faut vraiment qu'on la retrouve.
Ne nous décourageons pas!

Je tiens une super piste ! Regardez !
Salle 01

Ces deux places de cinéma vont nous mener jusqu'à elle !
On va où ?
Je crois qu'on va au cinéma.

Julie raconte toute l'affaire au caissier...
... et donc, elle est venue voir ce film avec son amoureux.

Cette dame a dû garder les tickets en souvenir.
Oui, c'est certainement son film préféré !
Salle 01
CINÉMA
séance 01
I LOVE YOU
10.00€

Malheureusement, je ne peux pas vous aider : ce film n'est plus à l'affiche depuis des mois.
Et le caissier de l'époque ne travaille plus ici.
PROCHAINEMENT
BOB

CINÉMA
Bon, il nous faut une autre piste !

Que pensez-vous de ce livre?
Je ne sais pas, je ne l'ai jamais lu.
Un dimanche en silence

Mais non, je veux dire : que pensez-vous de cette piste?
Nous allons à la bibliothèque?

Non ! Ce livre ne vient pas de la bibliothèque.
Il a été acheté à la librairie « Plume ».
Plume
Un dimanche

Dix minutes plus tard, chez la libraire...
C'est le dernier coup de cœur des lecteurs ! J'en ai vendu 37 exemplaires !
Mais je suis désolée, je ne me souviens pas de tous les clients...
LIBRAIRIE Plume

Si seulement la dame avait acheté un livre nul…
… la libraire se souviendrait d'elle !

Et ça, c'est quoi ?
Du rouge à lèvres ! Tentons notre chance à la boutique de maquillage.

Quelques minutes plus tard…
Je peux vous dire une chose…

Ce maquillage ne vient pas de chez moi.
Je ne connais pas cette marque. Le tube a dû être acheté sur Internet.

Décidément, c'est compliqué de retrouver une inconnue !
Personne ne peut nous aider !
Ni la libraire...
Ni le caissier...
Ni la vendeuse...

Je la retrouverai coûte que coûte !
Tu as raison : elle doit certainement habiter dans le quartier !
Il y a forcément un indice dans son sac !
C'est peut-être ça, la bonne piste !

Des lunettes de soleil !
BON
Bien vu, Basile !

Il y a la marque sur les lunettes.
Trouvons l'opticien qui vend ces lunettes !

Il y a plein d'opticiens dans la ville.
On ne va jamais trouver le bon.

Elle est là, LA VRAIE piste !

Il y a l'adresse de l'opticien sur la lingette.

Youpi! On va retrouver la dame du sac!

À quelques mètres de là...
HOMME FEMME ENFAN
Bonjour, monsieur!

Après quelques explications...
Désolé, mais je donne la même lingette à tous mes clients.
Mais vous ne leur vendez pas la même paire de lunettes?
Hum! Hum! Euh... de toute façon...
... je ne peux pas donner le nom d'une cliente.

Quoi?
Vous ne voulez pas nous aider?
Mais vous êtes des enfants, et je ne vous connais pas.
Très bien! Nous reviendrons!

C'est quoi ton idée ?
Il veut parler à quelqu'un qu'il connaît...
Il veut parler à un adulte...
Alors, allons chez Louis !
RÉCRÉ

Chez Louis ?

Oui, ils ont tous des lunettes dans sa famille…
… et, avec un peu de chance, ils les achètent dans cette boutique !

Chez Louis...
Aucun problème, je viens avec vous !

Aussitôt dit, aussitôt fait !
HOMME
Bonjour monsieur, vous me reconnaissez ?
Bien sûr, vous êtes le papa de Louis !

Alors, pouvez-vous nous aider ?
Oui, je sais à qui appartiennent ces lunettes ; je l'appelle tout de suite !
Allô ! Madame Bonœil ? Des enfants ont retrouvé vos lunettes et votre sac à main.
Fantastique ! J'arrive tout de suite !

Mes sauveurs !
Mes lunettes !
Mon sac !
Et si ce n'était pas le sien ?
Tu as raison, vérifions !

Bla-bla-bla...
Chut !
Ah oui, j'ai une idée !

Quel est votre film préféré ?

Mmm... « I love you »!

Bravo!
Elle a peut-être eu de la chance.

Quel est le dernier livre que vous ayez lu ?
Huuum... « Un dimanche en silence » !

Bonne réponse !
Trop facile, tout le monde l'a lu !
C'est la libraire qui nous l'a dit !
?!

De quelle couleur sont vos bonbons ?

Orange !

C'est la bonne couleur !
YOUPI ! On a retrouvé la dame !

Merci les enfants, vous êtes adorables.
Votre portefeuille est vide, mais ce n'est pas notre faute !

C'est le voleur qui a dû tout prendre, mais ce n'est pas grave…
… grâce à vous, j'ai récupéré le plus important : mes photos-souvenirs !

Au même moment, le téléphone de madame Bonœil sonne…
Allô ! Madame Bonœil, bonne nouvelle : nous avons arrêté votre voleur !
Moi aussi, j'ai une bonne nouvelle : de petits enquêteurs ont retrouvé mon sac !

Louis, tu as de chouettes copains !
Merci Papa de nous avoir aidés !

Achevé d'imprimer en avril 2021 en Espagne par Unigraf - Dépôt légal : mars 2021 - Édition 02 - 21/6654/5